JEUNESSE

Gilles Tibo

© Martine Doyon

Illustrateur depuis plus de vingt ans, Gilles Tibo est reconnu pour ses superbes albums, dont ceux de la série *Simon*. Enthousiasmé par l'aventure de l'écriture, il a créé d'autres personnages. Il s'est laissé charmer par ces nouveaux héros qui prenaient vie, page après page. Pour notre plus grand bonheur, l'aventure de Noémie est devenue son premier roman.

Louise-Andrée Laliberté

© Marc Réveriau

Quand elle était petite, pour s'amuser, Louise-Andrée Laliberté inventait toutes sortes d'histoires pour décrire ses gribouillis maladroits. Maintenant qu'elle a grandi, les images qu'elle crée racontent elles-mêmes toutes sortes d'histoires. Louise-Andrée crée avec bonne humeur des images, des décors ou des costumes pour les musées et les compagnies de publicité ou de théâtre. Tant au Canada qu'aux États-Unis, ses illustrations ajoutent de la vie aux livres spécialisés et de la couleur aux ouvrages scolaires ou littéraires. Elle illustre pour vous la série *Noémie*.

Série Noémie

Noémie a sept ans et trois quarts. Avec Madame Lumbago, sa vieille gardienne qui est aussi sa voisine et sa complice, elle apprend à grandir. Au cours d'événements pleins de rebondissements et de mille péripéties, elle découvre la tendresse, la complicité, l'amitié, la persévérance et la mort aussi. Coup de cœur garanti !

Noémie

Albert aux
grandes oreilles

Du même auteur chez Québec Amérique

Jeunesse

SÉRIE PETIT BONHOMME

Les mots du Petit Bonhomme, album, 2002.
Les musiques du Petit Bonhomme, album, 2002.
Les chiffres du Petit Bonhomme, album, 2003.
Les images du Petit Bonhomme, album, 2003.
Le corps du Petit Bonhomme, album, 2005.

SÉRIE PETIT GÉANT

Les Cauchemars du petit géant, coll. Mini-Bilbo, 1997.
L'Hiver du petit géant, coll. Mini-Bilbo, 1997.
La Fusée du petit géant, coll. Mini-Bilbo, 1998.
Les Voyages du petit géant, coll. Mini-Bilbo, 1998.
La Planète du petit géant, coll. Mini-Bilbo, 1999.
La Nuit blanche du petit géant, coll. Mini-Bilbo, 2000.
L'Orage du petit géant, coll. Mini-Bilbo, 2001.
Le Camping du petit géant, coll. Mini-Bilbo, 2002.
Les Animaux du petit géant, coll. Mini-Bilbo, 2003.
Le Petit Géant somnambule, coll. Mini-Bilbo, 2004.
Le Grand Ménage du petit géant, coll. Mini-Bilbo, 2005.

SÉRIE NOÉMIE

Noémie 1 - Le Secret de Madame Lumbago, coll. Bilbo, 1996.
  • **Prix du Gouverneur général du Canada 1996**
Noémie 2 - L'Incroyable Journée, coll. Bilbo, 1996.
Noémie 3 - La Clé de l'énigme, coll. Bilbo, 1997.
Noémie 4 - Les Sept Vérités, coll. Bilbo, 1997.
Noémie 5 - Albert aux grandes oreilles, coll. Bilbo, 1998.
Noémie 6 - Le Château de glace, coll. Bilbo, 1998.
Noémie 7 - Le Jardin zoologique, coll. Bilbo, 1999.
Noémie 8 - La Nuit des horreurs, coll. Bilbo, 1999.
Noémie 9 - Adieu, grand-maman, coll. Bilbo, 2000.
Noémie 10 - La Boîte mystérieuse, coll. Bilbo, 2000.
Noémie 11 - Les Souliers magiques, coll. Bilbo, 2001.
Noémie 12 - La Cage perdue, coll. Bilbo, 2002.
Noémie 13 - Vendredi 13, coll. Bilbo, 2003.
Noémie 14 - Le Voleur de grand-mère, coll. Bilbo, 2004.
Noémie 15 - Le Grand Amour, coll. Bilbo, 2005.

La Nuit rouge, coll. Titan, 1998.

Adulte

Le Mangeur de pierres, coll. Littérature d'Amérique, 2001.
Les Parfums d'Élisabeth, coll. Littérature d'Amérique, 2002.

Noémie
Albert aux grandes oreilles

GILLES TIBO

ILLUSTRATIONS : LOUISE-ANDRÉE LALIBERTÉ

QUÉBEC AMÉRIQUE jeunesse

Catalogage avant publication de Bibliothèque et Archives Canada

Tibo, Gilles,
Albert aux grandes oreilles
(Bilbo jeunesse ; 80)
(Noémie ; 5)
ISBN 2-89037-842-X
I. Titre. II. Collection. III. Collection : Tibo, Gilles. 1951- . Noémie ; 5
PS8589.I26A72 1998   jC843'.54   C98-940480-3
PS9589.I26A72 1998
PZ23.T52AI 1998

Conseil des Arts   Canada Council
du Canada   for the Arts

SODEC
Québec ::

Nous reconnaissons l'aide financière du gouvernement du Canada
par l'entremise du Programme d'aide au développement de l'industrie
de l'édition (PADIÉ) pour nos activités d'édition.

Gouvernement du Québec – Programme de crédit d'impôt pour
l'édition de livres – Gestion SODEC.

Les Éditions Québec Amérique bénéficient du programme de subvention
globale du Conseil des Arts du Canada. Elles tiennent également à
remercier la SODEC pour son appui financier.

Québec Amérique
329, rue de la Commune Ouest, 3ᵉ étage
Montréal (Québec) Canada H2Y 2E1
Téléphone : (514) 499-3000, télécopieur : (514) 499-3010

Dépôt légal : 1ᵉʳ trimestre 1998
Bibliothèque nationale du Québec
Bibliothèque nationale du Canada

Révision linguistique : Michèle Marineau
Réimpression : juin 2005

©1998 Éditions Québec Amérique inc.
www.quebec-amerique.com

*Pour Laurence,
ma petite voisine, qui parle,
qui parle, qui parle…*

-1-

Comme deux
gouttes d'eau

Ces temps-ci, j'ai beaucoup de difficulté à me concentrer. Je regarde souvent par les fenêtres de la classe, et mon esprit disparaît dans les nuages. Je pense à tout ce qui vient de m'arriver. J'ai découvert un trésor incroyable et surtout, surtout, j'ai appris quelque chose qui va changer le cours de ma vie : Madame Lumbago est ma grand-maman, ma vraie grand-mère pour vrai. Je n'en reviens pas encore!

Je commence à peine à m'habituer à ma nouvelle grand-mère. Je dois répéter mille fois

par jour : Madame Lumbago est ma vraie grand-mère pour vrai... Madame Lumbago est ma vraie grand-mère pour vrai... Grand-maman Lumbago... Grand-maman Lumbago...

C'est pour ça que j'ai de la difficulté à me concentrer. Je pense au trésor qui est maintenant dans un petit livret de caisse populaire et je pense à ma grand-mère qui est chez elle et qui prépare ma collation en chantant de vieilles chansons à son petit serin jaune.

▲ ▲ ▲

Grand-maman et moi, nous avons réussi un tour de force incroyable. Même si nous aimons beaucoup parler, papoter et mémérer, nous n'avons jamais parlé du trésor à personne.

Pas même à mes parents. Motus et bouche cousue, comme on dit dans les films.

Par contre, tout le monde sait que Madame Lumbago est ma grand-mère. Ça, je n'ai pas réussi à le garder secret plus de deux secondes. Je l'ai dit et répété mille fois :

— Madame Lumbago est vraiment ma vraie grand-mère véritablement pour vrai! Je le jure!

Je l'ai dit à tout le monde, et tout le monde a répondu à peu près ceci :

— C'est merveilleux! Ça ne m'étonne pas! Madame Lumbago et toi, vous vous ressemblez comme deux gouttes d'eau!

C'est vrai, ensemble nous sommes comme deux gouttes d'eau collées l'une contre l'autre. Nous nous aimons tellement qu'il y a comme un aimant qui nous attire. J'aime bien mes parents... parce qu'ils sont mes parents, mais, quelquefois, on dirait que j'aime encore plus Madame Lumbago. C'est comme ça! Je ne peux rien y faire, et elle non plus!

Maintenant qu'elle a déposé tout son trésor à la caisse populaire, j'attends qu'elle achète quelque chose de gros, d'énorme, de fantastique. Je lui montre des catalogues, je lui fais des suggestions intéressantes. Mais elle résiste! Pour me faire plaisir, elle s'est acheté quelque chose : une nouvelle paire de souliers... des souliers ordinaires... en solde! Elle me répète qu'elle n'a besoin de rien et qu'elle préfère garder son argent «au cas où». Au cas où quoi? Je ne le sais pas!

Moi, je sais ce que je ferais

avec tout cet argent. C'est ma fête bientôt... très très très bientôt! Si j'étais aussi riche qu'elle, je me ferais moi-même des cadeaux : je m'achèterais un zoo, un immense jardin zoologique avec tous les animaux du monde. Je l'appellerais «Le merveilleux et extraordinaire et fantastique et mirobolant zoo de Noémie quelque chose».

-2-

Albert aux grandes oreilles

Dans le cours de français, je dresse la liste de tous les animaux que je veux acheter. Dans le cours d'arts plastiques, je dessine le plan de mon zoo. J'ai eu de la difficulté avec les éléphants parce qu'ils prenaient beaucoup de place. Finalement, j'ai décidé de ne garder que des éléphanteaux ou des éléphants nains.

Je n'ai pas le temps de terminer mon plan. Aujourd'hui, à cause d'un exercice de feu, nous terminons l'école plus tôt que d'habitude. Yahou! Je vais montrer ma liste et mon plan à grand-maman Lumbago, et elle me prêtera de l'argent pour commencer les travaux.

Je dis bonjour à mes amis, je monte en courant chez ma grand-maman Lumbago et je fais claquer la porte d'entrée en criant comme d'habitude :

—Allô, grand-maman, c'est moi!

J'aperçois grand-maman Lumbago assise à la cuisine avec un homme que je ne connais pas. Un vieux monsieur. Un très vieux monsieur.

Je m'approche lentement, sans dire un mot, des points d'interrogation dans les yeux.

Il se passe quelque chose d'anormal. Mon verre de lait et mes biscuits ne sont pas sur la table comme d'habitude. Grand-maman me regarde avec de grands yeux. Elle dit en rougissant :

-Heu... Albert, je te présente ma belle petite-fille Noémie.

Le vieux monsieur Albert se lève et s'exclame le plus poliment du monde :

—Bonjour, ma très chère enfant! Ta grand-mère m'a beaucoup parlé de toi!

Pendant ce temps, grand-maman regarde un peu partout dans la cuisine, elle se tortille sur sa chaise, elle joue avec ses doigts et finit par demander :

—Tu arrives tôt, aujourd'hui, Noémie. Que se passe-t-il?

—Rien, nous avons fait un exercice de feu, et ensuite on nous a donné congé.

Le vieux monsieur Albert se rassoit face à ma grand-maman Lumbago. Moi, je fais exprès, je reste plantée debout, en plein milieu de la cuisine, et je le fixe.

Ce vieux monsieur Albert est vraiment très moche, il est même très très laid avec ses grandes oreilles d'éléphant et son nez en trompette. Il est tout petit. On dirait que les yeux vont lui sortir de la tête. Ce vieux monsieur Albert, je ne le connais pas encore et je le déteste déjà. J'espère que c'est la dernière fois que je le vois ici.

Grand-maman me demande :

— Noémie, tu n'as rien d'autre à faire, des devoirs, par exemple, ou regarder la télévision, ou jouer avec le chat?

Je ne suis pas folle, j'ai compris le message. Elle n'a pas préparé ma collation et elle ne veut pas me voir. Elle ne m'aime plus! Je claque les talons et je disparais dans le salon. Mais juste avant d'y entrer, je me retourne et je vois la main d'Albert glisser

sur celle de grand-maman. On dirait que mon sang cogne partout dans mon corps. Je suis tout étourdie.

J'allume la télévision et je monte le son au maximum pour faire croire que je l'écoute. Ensuite, comme une espionne, je me glisse le long du mur du corridor. Je jette un œil dans la cuisine, et là, mon cœur veut exploser. Je vois ma grand-maman Lumbago qui caresse les mains d'Albert. Ils ressemblent à des amoureux comme ceux qu'on voit dans les films. Il ne manque que la musique avec les violons. Grand-maman et Albert se regardent au fond des yeux. Ils sont tellement concentrés qu'ils ne remarquent même pas ma présence.

Je voudrais exploser! M'en aller! Crier! Mais je ne suis pas capable! Je reste plantée dans le corridor comme une statue. Mon cœur bondit à une vitesse folle. Je n'aime pas ce vieux monsieur Albert. Il est laid, chauve et trop bien habillé! Sur les murs, je regarde les photos de Monsieur Lumbago, mon grand-père. Lui, en tout cas, il était joli et il ne sentait pas le parfum.

Soudain, des mots sortent de ma bouche d'un coup sec :

—Pourrais-je avoir un verre de lait, au moins?

Surpris, Albert enlève ses mains de celles de ma grand-mère. Il regarde sa montre et déclare :

—Oh!... je dois partir! Mon Dieu que le temps passe vite en votre compagnie!

Je lui dis poliment :

—Au revoir, monsieur Albert.

Mais, dans ma tête, je pense :

au revoir vieil Albert chauve aux grandes oreilles d'éléphant, j'espère ne plus jamais te revoir de toute ma vie et laisse ma grand-mère tranquille sinon je ne sais pas ce que je te ferai mais ça va faire mal et tu vas t'en souvenir pour le reste de tes jours parce que si je me fâche oh! la! la! je ne voudrais pas être à ta place mon pauvre vieux dix fois plus vieux que ma grand-mère, on change de poste et tu disparais à tout jamais. Bon!

Les joues toutes roses, grand-maman reconduit Albert aux grandes oreilles dans le portique. Ils chuchotent des choses que je ne comprends pas. La porte se referme. Grand-maman se retourne en me disant :

—Viens ici, ma petite Noémie! J'ai deux mots à te dire!

-3-

La chicane

G rand-maman me prend par les mains et me demande :

—Que se passe-t-il?

—Rien!

—Noémie, ce que tu viens de faire, on appelle ça une crise de jalousie!

De grosses larmes glissent sur mes joues. Je me précipite dans les bras de grand-maman. Entre deux sanglots, je parviens à dire :

—Qu'est-ce qu'il veut, ce monsieur Albert?... Allez-vous l'épouser?... Vous ne vouliez plus me voir... Moi, je vous aime... Je ne veux pas vous perdre...

31

—Moi aussi, je t'aime, ma petite Noémie, et je t'aimerai toujours. Tu le sais bien! Albert est mon ami depuis quelque temps. Je l'ai rencontré à la caisse populaire. Il vient souvent me voir l'après-midi. Ensemble, nous discutons de toutes sortes de choses, comme tu le fais avec tes amis.

—... Mes amis ne me caressent pas la main en me parlant...

—Écoute, Noémie. Avant d'être une grand-mère, j'ai été une mère, et avant d'être une mère, j'ai été une femme. Et là, avec Albert, je m'aperçois que je suis encore une femme. Et c'est très agréable. Un jour, tu comprendras... En plus, ça ne t'enlève rien, bien au contraire. Préfères-tu avoir une grand-mère qui s'ennuie à mourir ou une grand-mère heureuse? Mon Dieu

Seigneur, je crois bien qu'à mon âge j'ai droit au bonheur!

Blottie dans ses bras, je vois défiler toute sa vie de malheur, sa vie qu'elle m'a racontée des dizaines de fois. En l'embrassant, je lui dis :

—Je m'excuse, mais pendant un moment j'ai cru que vous ne m'aimiez plus...

—Mais voyons donc, ma petite Noémie d'amour, je t'aimerai toujours, toujours!... Albert, c'est juste... un ami. D'ailleurs, je voulais l'inviter à souper en fin de semaine pour que vous fassiez connaissance. Mais là, on dirait que...

Pour être gentille et surtout pour montrer que je ne suis pas jalouse, je dis à grand-maman Lumbago :

—Vous pouvez l'inviter à souper si vous voulez. Je ne serai

plus jalouse de votre Albert aux grandes oreilles. Promis!

Grand-maman répète :

— Albert aux grandes oreilles? Albert aux grandes oreilles...

Dans les bras l'une de l'autre, nous éclatons de rire. Lorsque nous nous arrêtons, de grosses larmes ont coulé sur nos joues. Ça veut dire que nous avons aussi pleuré un peu...

-4-

Mauvais rêve

Tous les jours, mille fois par jour, à l'école en étudiant, à la récréation en jouant, je me répète : Noémie, tu n'es pas jalouse! Noémie, tu t'en fous! Noémie, tu n'es pas jalouse!

Malgré moi, la jalousie se promène dans ma tête. Je n'arrête pas de penser à des façons de me débarrasser de cette espèce de bonhomme aux oreilles plus grandes que des portes de grange. Je me répète que je ne suis plus jalouse, que ce n'est pas bien! Mais la jalousie tombe dans mes yeux. Je vois la petite face d'Albert qui me regarde.

La jalousie tombe dans mes oreilles. J'entends la petite voix d'Albert qui dit des mots d'amour à ma grand-mère. La jalousie tombe sur mon cœur. J'essaie de penser à autre chose. Mais ce n'est pas facile!

Ce soir, dans mon lit, je ne réussis pas à m'endormir. On dirait que mes idées courent toutes seules dans le noir comme des chevaux sauvages qui m'emportent... m'emportent... Je traverse de longs corridors dans lesquels nagent des poissons multicolores et je me retrouve dans un jardin zoologique. Les animaux brillent, allumés par l'intérieur. Je vois des lions dorés qui laissent des traces de lumière dans l'herbe. Je vois des singes grimper dans les arbres. Les feuilles s'illuminent sur leur passage. Soudain, Albert aux grandes oreilles apparaît comme une étoile filante. Il se transforme en éléphant et fonce vers moi. Je cours, je cours, mais le sol se dérobe sous mes pieds. Albert l'éléphant enroule sa trompe autour de ma taille, me soulève dans les airs et me lance de l'autre côté de la nuit. Je tombe dans une cage, une cage avec un gros cadenas sur la porte. Derrière les barreaux, je vois disparaître, au loin, ma grand-maman Lumbago et Albert aux grandes oreilles. Ils se tiennent par la main et se donnent des petits becs dans le cou.

Je me réveille en sursaut. Je suis tout en sueur. Mon cadran indique onze heures et vingt-deux minutes. J'imagine grand-maman Lumbago qui sourit à cette espèce d'Albert aux grandes oreilles, et je ne suis plus capable de m'endormir.

Je me répète que je ne suis pas jalouse... Je me tourne et me retourne dans mon lit. Je ne suis pas jalouse... je ne suis pas jalouse... J'enlève mes draps parce que j'ai trop chaud. Je replace mes draps parce que j'ai trop froid. Je ne sais plus quoi faire. J'essaie par tous les moyens de cesser de penser à Albert et grand-maman, mais ils restent collés au fond de mon cerveau! Impossible de les faire sortir.

Je les imagine en train de rire et de se toucher les mains. Je les imagine en train de se donner des petits becs dans le cou! Je veux penser à autre chose, sinon je vais devenir folle! J'essaie de faire du calcul mental pour me changer les idées. Six multiplié par quatre plus trois moins sept ça donne vingt... et le nombre vingt est fait avec un gros deux... comme les deux oreilles d'Albert, et un zéro parce que c'est un gros zéro... Je ne m'en sortirai jamais! Je change de tactique. J'essaie de me changer les idées avec quelque chose qui n'a aucun rapport : je me raconte l'histoire du Petit Chaperon rouge. Mais je vois apparaître un loup... oh!... avec de grandes oreilles!

J'essaie de fredonner une chanson. La première qui me vient à l'esprit, c'est Frère Jacques. Je chante : «Frère Jacques, frère Jacques, dormez-vous? dormez-vous?» Et là, en murmurant «dormez-vous», il me vient une idée de fou, une idée que je refuse, mais qui entre dans ma tête et dans tout mon corps.

La mauvaise idée prend toute la place et ne veut plus me quitter.

Je me débats contre cette mauvaise idée, mais plus je me défends, plus j'en suis prisonnière. J'ai peur! J'ai peur de moi! Je sens que je vais faire quelque chose d'interdit. Je le sens, je le sens, je le sens...

-5-

La visite de nuit

Je ne suis plus capable de dormir! J'essaie de résister à ma mauvaise idée! Je vire d'un bord et de l'autre dans mes draps! On dirait que mon lit me donne des coups pour que je me lève! J'imagine grand-maman dans les bras d'Albert et je n'en peux plus! Je dois vérifier quelque chose! C'est plus fort que moi!

J'enfile mes pantoufles. À pas de loup, je me rends jusqu'à la chambre de mes parents. Ils dorment tous les deux à poings fermés. Sur le petit crochet dans le portique, je prends la clé de l'appartement de grand-maman. J'enfile ma robe de chambre et je sors dehors. Je ferme la porte de ma maison le plus doucement possible pour ne pas faire de bruit.

À l'extérieur, c'est la nuit noire. La ville ronronne. Il fait froid. Rien ne bouge. Je monte les marches de l'escalier. Mon cœur galope dans mon ventre. Sur le balcon du deuxième, j'ouvre la porte et j'entre comme une voleuse chez grand-maman.

Je marche le plus lentement possible pour ne pas faire craquer le plancher. Je reste figée devant la porte de la chambre de ma grand-mère. Je n'entends rien de l'autre côté. J'ai peur, mais je ne sais pas de quoi. J'ai peur, c'est tout!

J'avance le bras. Tout doucement, je pousse la porte de sa chambre, qui craque comme un coup de tonnerre dans la nuit. Je cesse de pousser... La porte s'immobilise. Personne ne réagit dans la maison. C'est le silence total. Je m'approche à pas de tortue, les yeux fermés, je passe ma tête dans l'entrebâillement. Personne ne réagit. Après quelques secondes, j'ouvre un œil et je regarde dans la chambre de grand-maman. Là, je dois m'appuyer contre le mur pour ne pas perdre connaissance. J'ouvre l'autre œil pour bien voir !

Les yeux écarquillés, je regarde de nouveau : le lit de grand-maman Lumbago est vide, vide, vide. Même pas un petit pli sur les draps.

Lentement, je fais le tour du lit. Les draps et les oreillers sont placés à la perfection. On croirait qu'ils ont été repassés directement sur le lit. Ils sont aussi lisses que la glace d'une patinoire. Je n'en reviens pas. Qu'est-ce qui se passe avec ma grand-mère? Je regarde sur les murs… Je crois que je vais mourir… Toutes les photographies de Monsieur Lumbago ont disparu! Il ne reste sur les murs que des photos de grand-maman et moi!

Je n'en peux plus. Je m'assois sur le lit. Je nage en plein mystère et je dois me méfier de mon imagination qui court en tout sens. Elle a peut-être été victime d'une bande de criminels spécialisés dans les enlèvements de grands-mères? On l'a peut-être kidnappée pour lui enlever tout l'argent de son trésor? Je ne sais pas. Je ne sais plus.

Mon sang tourne à une vitesse folle. Je pense très vite : peut-être qu'en entrant ici j'ai surpris les ravisseurs sur le fait? Ils ont ligoté ma grand-mère et ils se cachent quelque part dans l'appartement. Je n'ose plus bouger! J'écoute! Je n'entends rien, rien, rien. C'est la panique dans ma tête. L'image de grand-maman rapetisse, s'agrandit, se déchire en mille morceaux, se recolle comme un vieux casse-tête. Je ne comprends plus rien et je déteste ne pas comprendre les choses!

Toujours assise sur le lit, je me calme un peu. Je m'empare d'une statue de saint Joseph, le père de Jésus. C'est une statue en métal très lourd. Je tiens la statue comme une matraque et je me penche pour regarder dans le noir sous le lit. J'avance

en plissant les yeux et en regardant sur le côté pour ne pas être trop surprise. Rien! Il n'y a rien ni personne sous le lit! Même pas une petite poussière! Ouf! Je respire!

En tenant la statue au-dessus de ma tête comme une arme redoutable, je contourne le lit le plus lentement possible pour ne pas éveiller de soupçons. Je quitte la chambre et j'avance vers le salon. J'en fais le tour en tremblant. Personne n'est caché derrière les fauteuils, personne n'a été enroulé dans le tapis, personne n'est emprisonné dans les rideaux! OUF! En tremblant, je fais le tour de l'appartement. Il n'y a personne d'enfermé dans les garde-robes ni dans la salle de bain. Rien!

Je regarde sur la table de chevet, sur le comptoir de la

cuisine, je ne vois aucun indice, aucune lettre d'adieu, aucune lettre de menaces, aucune demande de rançon. Rien! Rien! Rien!

Soudain, je me sens tout étourdie. En plein milieu de la cuisine, j'aperçois le support de la cage du serin. Il est vide, la cage et le serin ont disparu! Quelqu'un a enlevé grand-maman, et son serin, et sa cage! Incroyable! Je n'en reviens pas! Je reste plantée debout dans la cuisine et je ne sais plus quoi faire.

J'ouvre la porte du réfrigérateur. En tremblant, je me verse un grand verre de lait. Puis je sursaute! J'aperçois, sur une tablette, un sac de plastique transparent qui contient des os! Incroyable! Je m'assois dans le noir et je me pose de graves questions. Où est ma grand-mère? Pourquoi des os dans son réfrigérateur? Qui pourrait l'avoir enlevée?

J'essaie de trouver des indices, des pistes. Que s'est-il passé d'inhabituel ou d'extra-ordinaire ces derniers jours? Soudain, tout s'illumine dans ma tête : ALBERT AUX GRANDES OREILLES!

C'est ça, Albert sait que ma grand-mère est devenue riche. Il l'a enlevée pour avoir son argent! Elle m'a expliqué elle-même qu'ils s'étaient rencontrés à la caisse populaire! Lui, il fait sem-blant de l'aimer! C'est un voleur de banque ou un voleur de grands-mères. Il va lui prendre tout son trésor!

Ou bien ils sont partis tous les deux en voyage d'amoureux et quelqu'un, quelque part,

s'occupe du serin et du chat...
mais ça ne se peut pas. Ma
grand-mère ne serait jamais
partie sans me dire au revoir,
sans me demander de m'occuper
moi-même de ses animaux. Le
chat, j'y pense à l'instant! Je pose
mon verre de lait par terre et je
l'appelle :

—Minou... Minou... Minou...

Rien! Pas de chat! Pas de
serin! Pas de grand-mère!

-6-

L'étrange retour

Je saute sur le téléphone pour appeler la police. Je connais le numéro par cœur. Je suis tellement énervée que mes doigts tremblent. Tous les chiffres se mêlent dans ma tête.

Soudain, j'entends un bruit, en bas sur le trottoir. Par la fenêtre, j'aperçois une grosse automobile noire qui s'éloigne. Lentement, grand-maman Lumbago monte les marches de l'escalier. Elle tient la cage du serin dans une main et son chat dans l'autre.

Je ne sais pas quoi faire! Je

lâche le récepteur et je me cache à toute vitesse dans la garde-robe de l'entrée. Je me faufile derrière les manteaux et je glisse mes pieds dans une grande paire de bottes.

Grand-maman pose la cage sur le balcon. Puis elle ouvre la porte d'entrée en murmurant comme si elle parlait au chat :

—Mon Dieu Seigneur, j'avais oublié de fermer la porte à clé... J'ai vraiment la tête ailleurs, ces temps-ci...

Brusquement, elle ouvre la porte de la garde-robe. Je cesse de respirer. Mon cœur reste suspendu comme au-dessus d'un précipice. Elle pose son manteau sur un cintre. Elle sent le bon parfum. Mon cœur bat si fort dans ma poitrine qu'elle devrait l'entendre. Ouf! Elle repart vers la cuisine sans m'avoir vue.

Là, elle s'exclame :

—Mon Dieu Seigneur, un verre de lait sur le plancher... et... et... le récepteur du téléphone qui est décroché. Vraiment, je ne me reconnais plus!

Le chat pénètre dans la garde-robe. En miaulant très fort, il tourne autour de moi, se frotte contre mes jambes. Il ronronne. Moi, tout en sueur, je ne peux plus bouger. Je ne comprends plus rien. Pourquoi grand-maman revient-elle à minuit avec son chat et son serin? Pourquoi a-t-elle la tête ailleurs ces temps-ci? Pourquoi ne se reconnaît-elle plus? Devient-elle folle? Ou peut-être que c'est moi qui deviens zinzin...

Tout s'embrouille dans mon cerveau.

Je ne suis certaine que d'une

chose : si je me fais attraper ici, dans la garde-robe de grand-maman, je vais me faire disputer comme je ne l'ai jamais été! J'aurai des punitions à n'en plus finir, et on ne me donnera aucun cadeau d'anniversaire. Je regrette... Je regrette... Je regrette... Si mes parents s'aperçoivent que je ne suis pas dans mon lit, ils vont s'affoler et appeler la police. Ils vont me chercher dans tout le quartier! Et toujours ce maudit chat qui me torture! Il miaule si fort qu'il va ameuter toute la planète... Je n'en peux plus! J'ai froid! Je tremble de partout! Je vais craquer, comme ils disent dans les films!

Je tends l'oreille... Silence total dans la maison. Puis j'entends la voix de grand-maman qui parle toute seule... Non, elle chuchote au téléphone :

—Allô... je voulais juste savoir si tu étais bien revenu... Oui oui, c'est une très bonne idée... Non... elle ne se doute de rien... Je t'embrasse, il est tard... Oui, à demain.

Elle raccroche le récepteur, puis la porte de la salle de bain grince en se refermant. Ensuite, la douche coule, et grand-maman chantonne une vieille chanson d'amour.

J'en profite pour quitter son appartement au plus vite! Sur le balcon, je verrouille la porte pour que personne ne vole ma grand-mère et je descends l'escalier en vitesse.

-7-

Mystères et mensonges

Je passe des moments difficiles à l'école. Je n'arrête pas de penser à cette espèce d'Albert aux grandes oreilles, à ma grand-mère, à son chat et à son serin...

Après mes cours, je monte chez grand-maman. J'ouvre la porte doucement. J'entre sur la pointe des pieds. Je me glisse jusque dans la cuisine. Grand-maman est penchée au-dessus de l'évier. Elle se retourne et sursaute en m'apercevant.

—Oh! Noémie, tu m'as fait peur! Je ne t'avais pas entendue entrer!

Je ne réponds rien, mais je regarde partout dans la cuisine. La vie semble redevenue normale. Mes biscuits et mon verre de lait m'attendent sur la table. Yhé!

Grand-maman fait semblant de rien. Elle me pose toutes sortes de questions du genre : «Comment était l'école aujourd'hui? Est-ce que ton lunch était bon?» Elle essaie de me parler comme d'habitude, mais je ne suis pas folle. Partout, dans son appartement, ça sent le très mauvais parfum d'Albert aux grandes oreilles.

Je ne suis pas jalouse... Je ne suis pas jalouse... Je bois mon verre de lait et je mange mes biscuits en silence. Je regarde grand-maman qui fait mine de rien, qui me demande si j'ai joué au ballon, si j'ai beaucoup de devoirs et patati et patata.

Moi, je ne réponds pas. À chaque question posée, j'avale une gorgée de lait ou un bout de biscuit. Grand-maman finit par demander :

— Mon Dieu Seigneur, Noémie, as-tu perdu ta langue?

Je réponds par une petite question subtile :

— Avez-vous regardé la télévision hier soir? Il y avait une émission très intéressante sur les jardins zoologiques.

Grand-maman rougit un peu. Elle se lève et, en me tournant le dos, elle répond :

— ... Heu... non... hier soir, j'ai... j'ai fait du lavage et du repassage.

— Pourquoi gardez-vous des os dans votre réfrigérateur?

— Je... heu... c'est pour faire du bouillon pour la soupe!

Grand-maman est une très mauvaise menteuse. Je sais qu'elle me cache quelque chose, quelque chose de grave. Mine de rien, je demande :

—Avez-vous changé de parfum? Ça sent drôle, ici...

Grand-maman me regarde avec ses petits yeux, et moi je l'observe avec mes grands yeux. Pendant de longues secondes, peut-être même pendant de longues minutes, nous nous fixons sans rien dire. C'est comme si nous parlions en silence. C'est incroyable comme il y a plusieurs sortes de silences. Des silences qui posent des questions, des silences qui répondent et des silences qui mentent.

Pour terminer, je demande subtilement :

—Ma chère grand-maman

Lumbago, je crois que mes parents vont travailler très tard ce soir... Est-ce que je pourrais dormir ici avec vous?

Grand-maman tourne en rond dans la cuisine. Elle se tortille les doigts, se mord les lèvres et finit par dire :

—... Je... Je crois que ce soir ce ne sera pas possible.

—Pourquoi?

—... Parce que ce soir... je... je vais assister à une conférence.

Je me lève et je me plante devant ma grand-mère. En la regardant au fond des yeux, je lui dis :

—Grand-maman Lumbago, vous venez de me raconter quatre mensonges en moins d'une minute!

Elle me serre contre elle, et je sens son cœur battre très fort dans sa poitrine. Elle tremble...

D'une toute petite voix, elle me dit :

—Noémie... il y a quelque chose que je ne peux pas te dire...

—Qu'est-ce que c'est?

—Mon Dieu Seigneur! Je ne peux pas te le dire, c'est un secret!

—Encore un secret?

—Heu... oui... mais celui-là est un petit secret!

—Qu'est-ce que c'est?

—Sois patiente!

—Allez-vous me le dire seulement quand je serai une grande personne?

—Non, tu vas le savoir très bientôt. Très très bientôt! Je voudrais juste que tu cesses de me harceler avec toutes tes questions.

—Sinon vous allez exploser?

—Heu, oui, c'est ça!

-8-

Albert dans
le décor

Depuis que cette espèce d'Albert aux grandes oreilles est apparu dans le décor, on dirait que toute notre vie a changé. Je ne reconnais plus ma grand-mère. Elle me répète qu'Albert est juste un ami, mais je ne la crois pas. Je ne suis pas folle. Je vois ce que je vois : grand-maman se coiffe, se maquille, se pomponne. Il n'y a aucun doute, elle est tombée amoureuse de cet Albert aux grandes oreilles. Elle aurait pu en choisir un beaucoup plus beau, un plus... un moins... Mais non, elle a choisi celui-là. Moi, en tout cas, je ne veux tomber en amour avec personne. Ce n'est pas drôle pour les autres.

En plus, elle fait toutes sortes de choses bizarres. Elle lave la vaisselle en oubliant de mettre du savon. Elle pose son tablier à l'envers. Elle oublie de nourrir le serin. Elle ne fait jamais de soupe avec les os. Et elle sourit chaque fois que le téléphone sonne. Ce n'est pas facile! Ce n'est pas facile...

Je crois que je vais devenir une grande inventrice ou une grande inventeure. En tout cas! Je vais inventer une machine pour extraire l'amour à l'intérieur des grands-mères. J'en rêve déjà : je place grand-maman dans mon incroyable machine à désamourer. Je lui enlève tout l'amour qu'elle a pour son espèce d'Albert et je le remplace par une triple portion d'amour pour moi!

Heureusement que je ne suis pas jalouse...

▲ ▲ ▲

J'ai trouvé un bon truc. Souvent, je descends chez moi et j'appelle grand-maman Lumbago au téléphone. C'est un nouveau jeu que j'ai inventé. Comme ça, au moins, je peux lui parler le temps que je veux. Ou plutôt le temps qu'elle veut. Au bout d'un moment, elle finit toujours par me dire :

—Bon, ma petite Noémie, excuse-moi, je dois faire du ménage et préparer le souper. Si tu veux me parler, tu n'as qu'à monter.

Alors je raccroche et je monte

chez elle en courant pour vérifier si elle prépare le souper ou si elle fait du ménage. Souvent, elle ne fait rien du tout! Alors elle me dit :

—Mais laisse-moi le temps, Noémie, je viens juste de raccrocher!

Pour lui laisser le temps, je m'assois dans la cuisine et je la regarde en lui parlant. Elle prépare le repas, elle fait du lavage, du repassage, elle balaie le plancher, mais elle ne fait pas tout ça comme d'habitude. Non! Elle le fait en pensant à cette espèce d'Albert aux grandes oreilles molles.

La preuve? En balayant, elle se retourne vers moi et me demande :

—Qu'est-ce qu'on pourrait bien lui préparer pour le souper, demain?

Moi, je pense qu'on pourrait lui préparer un repas dont il se souviendrait longtemps. Comme entrée, un grand bol de poisson pourri! Comme plat principal, des couleuvres et des vers de terre! Comme dessert, un gâteau à la grenouille! Pour boire, du jus de citron mélangé avec du pipi de chat! Je suis prête à cuisiner moi-même son délicieux repas!

Mais comme j'ai décidé de ne plus être jalouse, je suggère une lasagne, la spécialité de ma grand-mère.

—Bonne idée! répond-elle.

-9-

Le souper
mémorable

Le samedi après-midi, je monte chez grand-maman et je la vois dans la cuisine avec son tablier, ses chaudrons, ses livres de recettes ouverts sur la table.

—Qu'est-ce que vous faites, grand-maman?

—J'ai suivi ton conseil, j'invite Albert à manger une lasagne...

—Pourquoi regardez-vous dans le livre de recettes? Habituellement, vous faites vos lasagnes les yeux fermés!

—Parce que là, je veux faire la meilleure lasagne de toute

ma vie ! Et je t'invite toi aussi, si ça te tente !

Mine de rien, je dis :

—Ouais... peut-être... je ne sais pas... je ne voudrais pas vous déranger...

Dring... À cinq heures, on sonne à la porte. Grand-maman sursaute, enlève son tablier, vérifie son maquillage, m'embrasse et trottine à toute vitesse vers la porte d'entrée. Je ne la reconnais plus.

La porte s'ouvre. Albert apparaît derrière un gros bouquet de fleurs. Grand-maman s'exclame :

—Oh !... Albert... il ne fallait pas... Comme c'est gentil !

Albert enlève son chapeau et s'approche en me souriant. Il lui manque des dents. Il ressemble à un vieux bébé, mais je ne suis pas jalouse.

Il se penche vers moi et me

tend un petit paquet.

—Tiens, Noémie, un cadeau pour toi!

Je défais l'emballage à toute vitesse.

—Oh! regarde, grand-maman, un livre sur les chats... Merci, monsieur Albert aux gran... au gran... au grand cœur! Comme c'est gentil... Il ne fallait pas!

Pendant que grand-maman, tout énervée, cherche un pot pour les fleurs, moi, je tourne les pages du livre en pensant dans ma tête : il ne m'aura pas comme ça, cet Albert aux grandes oreilles!

De temps en temps, je lève les yeux et je regarde les deux tourtereaux... mais je ne suis pas jalouse.

Le repas se passe comme dans un vrai film. Grand-maman allume des chandelles, fait jouer un disque de violons et emplit nos assiettes avec de grosses portions de lasagne.

Albert répète dix mille fois :

—Hum, c'est bon! Que c'est bon! Que c'est bon!

Moi, je ne suis pas jalouse, mais j'espère qu'il va s'étouffer avec la lasagne ou avec son verre d'eau!

Albert répète :

—Comme vous êtes une merveilleuse cuisinière!

Grand-maman rougit. Elle devient plus rouge qu'un camion de pompier.

Albert n'a même pas le temps de terminer sa dernière bouchée de lasagne, grand-maman se précipite sur son assiette et la remplit encore. Les nouilles débordent de partout. Je ne suis pas jalouse! Je ne suis pas jalouse! J'espère qu'elle va lui en servir jusqu'à ce qu'il explose!

Grand-maman me regarde souvent, comme pour m'interroger en silence. Je ne dis pas un mot. Je ne parle pas. J'ai trop peur de dire une bêtise irréparable comme : C'est la première fois que je mange avec une paire d'oreilles comme les vôtres! Ou : Pouvez-vous me dire dans quel magasin vous avez pris vos oreilles? Je voudrais m'en acheter pour l'Halloween! Ou : Pouvez-vous me dire pourquoi votre parfum sent la mouffette? Ou, encore plus gentil : J'espère, monsieur Albert, que vous repartirez aussitôt le repas terminé. Moi, je veux rester toute seule avec ma grand-mère. Ou encore : Albert, lâchez vos ustensiles! Levez-vous et partez immédiatement! Qu'on n'en parle plus!

Mais je ne dis rien. Je souris. J'ai des nœuds dans l'estomac et je ne mange presque pas. Je sens que je vais faire une bêtise! Je le sens! Je le sens! Je le sens!

-10-

Les bêtises

Albert et grand-maman discutent en dégustant leur lasagne. Soudain, j'ai le goût de manger du pain. Je ne peux plus me retenir. En avançant le bras, je donne... accidentellement... un coup de coude sur mon grand verre d'eau rempli à ras bord! Le grand verre vacille sur le côté. Toute l'eau tombe dans l'assiette des grandes oreilles. Splach! Des centaines de petites gouttelettes d'eau mélangées à la sauce vont se loger dans les lunettes et dans la figure d'Albert. Il devient raide et immobile comme une statue ! Moi aussi ! Grand-maman aussi !

En me levant pour chercher des essuie-tout, je répète :

—Je m'excuse ! Je m'excuse ! Je m'excuse !

Albert dit, en essuyant sa figure et ses lunettes :

—Ce n'est pas grave... c'est un accident !

Grand-maman ne dit rien. Elle me regarde avec des yeux que je ne reconnais pas. Je suis certaine qu'elle ne m'aime plus et qu'elle ne m'aimera plus jamais. J'ai l'impression de tomber dans un trou noir !

À la fin du repas, pour me racheter, montrer que je suis bien élevée et pas jalouse du tout, je me lève et je ramasse la vaisselle.

Juste au moment où je retire l'assiette d'Albert, j'ai une crampe

dans le bras! Ma main tremble! Les assiettes pivotent, et tous les restants de lasagne tombent sur la chemise et sur le pantalon d'Albert aux grandes oreilles.

—Oh! mon Dieu Seigneur! crie grand-maman.

Albert sursaute. Il se relève d'un coup sec. Des bouts de lasagne pendent de sa chemise et de ses pantalons. Quelques morceaux tombent par terre en faisant des petits floc floc.

Moi, je m'excuse, je m'excuse et je m'excuse... Pour tenter de réparer les dégâts, je prends une éponge et j'essuie sa chemise. Mais je ne réussis qu'à empirer la situation. J'étends la lasagne un peu partout sur lui.

—Mon Dieu Seigneur! Noémie!!!

—Je m'excuse! Je m'excuse! Je m'excuse!

Albert fronce les sourcils. Il court s'enfermer dans la salle de bain. Grand-maman, affolée, s'énerve comme une poule. Elle disparaît dans le corridor et revient avec une robe de chambre en disant :

—Albert! Donnez-moi vos vêtements, je vais les laver.

Pour réparer les dégâts, j'aide grand-maman à faire le lavage. Elle ajoute une goutte d'eau de Javel au savon. Pour me rendre utile, je verse la moitié du contenant d'eau de Javel dans la cuve. Lorsque le lavage est terminé, la chemise et les pantalons d'Albert sont pleins de grosses taches blanches. On dirait des habits de clown.

—Mon Dieu Seigneur! Mon Dieu Seigneur... Que s'est-il passé? Du si beau linge! Du si beau linge! répètent grand-maman et

Albert aux grandes oreilles.

Je dis :

—Ne vous dérangez pas! Pour qu'ils sentent bon, je vais étendre les vêtements sur la corde à linge!

Sur le balcon, un incroyable coup de vent se lève brusquement! Plus fort qu'une tornade! Plus puissant qu'un typhon! Il m'arrache les vêtements des mains! Je ne peux rien faire pour les retenir! La chemise et le pantalon d'Albert sont emportés! Ils volent au vent! Ils tombent dans la boue au fond de la cour du voisin!

Je descends l'escalier en courant! Je saute la clôture et atterris directement sur la chemise, qui se déchire. Je ramasse en vitesse les pantalons, qui s'accrochent dans la clôture et se fendent de haut en bas!

Je remonte sur le balcon pour étendre les vêtements pleins de sable et de boue.

En passant devant la fenêtre de la cuisine, j'aperçois Albert et grand-maman qui se regardent les yeux dans les yeux, comme des amoureux! J'en ai assez! J'en ai assez! J'en ai assez!

Je m'assois dans les marches et je tente de me calmer en me répétant : je ne suis pas jalouse... je ne suis pas jalouse... je suis juste... un peu... épuisée par sa présence.

Puis, en faisant semblant de rien, j'étends la chemise déchirée et le pantalon plein de boue sur la corde à linge. Je les pousse le plus loin possible, jusqu'à ce qu'ils se coincent dans la poulie, là-bas, tout au fond.

-11-

La pénitence

Je viens de passer un très mauvais quart d'heure, comme on dit dans les films. Mon père est furieux. Ma mère est furieuse. Grand-maman est furieuse. Moi, je suis furieuse. Albert a dit :

—Ce n'est pas si grave! C'est juste une enfant. Elle ne sait pas ce qu'elle fait.

Ma mère, qui a beaucoup d'expérience avec moi, a répondu :

—Au contraire! Elle sait très bien ce qu'elle fait et elle va passer le reste de la fin de semaine à réfléchir dans sa chambre!

Donc, je passe toute la journée du dimanche à réfléchir dans ma chambre. Je ne crois pas que ce soit une bonne idée. Je réfléchis trop... à Albert, que je n'ai jamais aimé et que je n'aimerai jamais.

Avant, je ne pensais à lui que quelques minutes par jour, mais là, j'ai une journée complète, et il ne me vient pas de très bonnes idées. Je n'arrête pas d'imaginer des moyens pour me débarrasser de lui. Je pourrais l'appeler au téléphone et lui dire que grand-maman a perdu tout son argent, qu'elle ne l'aime pas, qu'elle le trouve laid et que moi aussi je le trouve laid. Je pourrais monter dans son automobile et faire une grosse indigestion sur la banquette arrière. On pourrait faire un très gros accident.

Grand-maman et moi, on reviendrait toutes les deux en taxi. Je pourrais lui interdire de parler à ma grand-mère sous peine de mort. Je pourrais faire comme dans les livres de contes : l'embrasser pour qu'il redevienne un crapaud et le jeter à la rivière. Je pourrais l'emmener prendre une marche dans une grande forêt pour qu'il se perde et se fasse manger par les ogres. Je pourrais lui faire croire que je suis allergique à ses oreilles. Je pourrais poser des pièges partout dans l'appartement de ma grand-mère.

Ce ne sont pas les idées qui manquent!

Je pourrais dire à Albert aux grandes oreilles que l'appartement est habité par des fantômes et des vampires qui ne peuvent pas l'endurer. Je pourrais engager un magicien qui le ferait disparaître pour toujours. Si j'étais riche, je lui paierais un voyage dans un autre pays, je lui achèterais un bateau qui coule.

Je fais la liste des façons de me débarrasser d'Albert, et j'ai écrit deux pages pleines!

Je passe toute la journée du dimanche enfermée dans ma chambre. Dehors, il fait un beau soleil, un petit vent chaud circule par ma fenêtre grande ouverte. Ce n'est pas facile! Je tourne en rond comme un lion en cage et je pense toujours à cette espèce d'Albert aux grandes oreilles. Quelquefois, mon père ou ma mère vient me voir... pour vérifier! Alors je fais semblant de rien. Je souris... J'essaie d'être la plus fine possible, parce que c'est ma fête bientôt, et je veux me faire pardonner... pour recevoir des cadeaux.

-12-

Les deux Noémie

À présent, je dois vivre le moment le plus pénible de toute ma vie! Le moment que je redoute le plus : faire mes excuses!

Je préférerais laver le plancher avec une brosse à dents, marcher au plafond, passer une semaine dans un cachot noir avec des rats, ne pas écouter la télévision pendant une année et trois quarts.

Je n'ai pas le choix, je dois m'excuser. Rien que d'y penser, je deviens chaude et froide en même temps. J'essaie de répéter, comme les actrices de cinéma.

Dans ma tête, je dis : Bon, je voudrais m'excuser, j'aurais dû vous remplir de lasagne de la tête aux pieds! Je voudrais m'excuser parce que vous êtes en train de gâcher ma vie! Je voudrais m'excuser de n'avoir pas réussi à vous faire disparaître!

Soudain, j'entends mon père m'appeler de l'autre côté de la porte :

—Noémie! Viens ici!

Ça y est, le grand moment est arrivé. Je voudrais faire reculer le temps comme dans les films. Mais dans la vraie vie, le temps s'en va toujours par en avant!

J'ouvre la porte de ma chambre, personne! J'avance dans le corridor, personne! J'arrive au salon! Le choc! Mon père et ma mère sont assis très droits sur un canapé. Grand-maman Lumbago et Albert sont

assis sur un autre. Tout le monde me regarde sans dire un mot, la bouche fermée et le regard sérieux.

Ma mère dit d'un ton sec :

— Noémie, tu es assez grande pour savoir ce que tu dois faire.

Le salon tourne à une vitesse folle. Je ne sais plus ce que je fais. Les mots virevoltent dans ma tête. J'ai l'impression de me diviser en deux Noémie. Pendant que la Noémie jalouse crie des bêtises épouvantables et pense à des choses inavouables, la Noémie gentille s'approche lentement d'Albert. La Noémie jalouse essaie de mettre des mauvais mots dans la bouche de la Noémie gentille, des mots comme : vieil Albert, grandes oreilles, parfum à la mouffette.

Mais la Noémie gentille ne l'écoute pas. Elle fait comme les grandes personnes, elle s'arrête devant Albert, elle avance le bras pour lui donner la main. Pendant ce temps, la Noémie jalouse se débat, donne des coups de pied et des coups de poing. Elle hurle en silence. Mais la Noémie gentille serre la main d'Albert en disant :

—Je... m'excuse... monsieur Albert... aux... oh!... que je m'excuse! Je... regrette... je ne le ferai plus... je le jure!

Albert ouvre les bras et dit :

—Tu es une brave fille, Noémie!

En entendant mon nom, la Noémie jalouse et la Noémie gentille se fondent ensemble. Je redeviens moi! La vraie Noémie! Je suis debout devant Albert. De grosses larmes glissent sur mes joues. Grand-maman éclate en sanglots. Elle ouvre les bras, et je m'y lance comme sur une bouée de sauvetage. Je m'assois sur ses genoux, et elle me berce au creux de son épaule. En caressant mes cheveux et en me serrant très fort contre son cœur, grand-maman murmure :

—Je t'aime... je t'aime, ma petite Noémie d'amour...

-13-

Le téléphone et ensuite...

L e lundi après-midi, je reviens de l'école et je monte chez grand-maman. Mon verre de lait est sur la table avec de bons biscuits. Le chat ronronne au soleil, et le petit serin siffle dans sa cage. En me voyant, grand-maman me serre dans ses bras et murmure :

—Bon, Noémie, on oublie tout ça et on recommence à zéro!

—Grand-maman, aujourd'hui j'ai beaucoup réfléchi. Je ne serai plus jalouse! Je vous le promets!

Puis je bois mon verre de lait.

C'est le meilleur verre de lait de toute ma vie!

▲ ▲ ▲

Pendant toute la semaine, il ne se passe rien. Tout est calme comme après une tempête. Je fais souvent allusion à ma fête qui approche, et grand-maman fait semblant de ne pas comprendre...

Le vendredi après-midi, grand-maman et moi, nous tentons de planifier la fin de semaine. C'est mon anniversaire, demain, et j'essaie de savoir ce qui se passera de spécial. Grand-maman fait semblant de rien. Elle dit qu'elle a l'intention de faire le marché... le lavage! Franchement!

Soudain, la sonnerie du téléphone retentit dans toute la

cuisine. Je vais répondre en courant. Je dis :

—Allô?

Après un petit silence, j'entends la voix d'Albert aux grandes oreilles qui me dit d'une voix mielleuse :

—Bonjour, ma chère Noémie, est-ce que ça va bien? J'ai quelque chose à...

Quand j'entends la voix d'Albert, les oreilles me chauffent. En vitesse, je donne le récepteur à grand-maman, qui rougit un peu. Elle dit en roucoulant :

—Oui... Bonjour! Non, non, vous ne me dérangez pas... Oh! Mais bien sûr...

Moi, je m'assois sur une chaise et j'attends. Je regarde les aiguilles des secondes et des minutes tourner sur elles-mêmes. Je fais tout ce que je peux pour ne pas me faire envahir par la jalousie. Je descends dans la cour pour jouer à quelque chose, n'importe quoi... je m'en fous, il faut que je me change les idées.

Je joue au ballon pendant quelques minutes. Puis, sans le faire exprès, je lui donne un gros coup de pied. PAF! il éclate! J'essaie de faire un tour de bicyclette dans la ruelle, mais je n'ai pas donné deux coups de pédales que mon pantalon se coince entre la chaîne et le pédalier! Alors je reviens vers la maison. PAF! je roule sur un clou. Une crevaison!

J'essaie de me calmer un peu en jouant à la balle sur le hangar du voisin. Mais je marche sur mes lacets, qui étaient détachés! Je tombe sur l'asphalte! J'en ai assez! J'en ai assez! J'en ai assez! Je monte m'asseoir sur le balcon et je ne fais rien. Je regarde les oiseaux et les nuages dans le ciel...

Devenue tout à fait calme, j'entre chez grand-maman Lumbago. Ah non! Elle parle encore au téléphone avec les grandes oreilles. Lorsque j'approche, elle baisse le ton et se retourne pour que je n'entende rien. Elle roucoule en tortillant le fil du téléphone, elle se dandine d'un côté et de l'autre. Je ne suis plus jalouse! Je ne suis plus jalouse!

▲ ▲ ▲

Grand-maman raccroche et me dit en souriant :

—Bon, Albert aimerait marcher dans le parc. Ensuite, il nous invite au restaurant et au cinéma. C'est toi qui choisis le film.

Est-ce qu'ils me prennent pour une folle ou quoi? Je sais très bien que c'est une tactique pour que j'accepte les grandes oreilles! Mais j'ai promis d'être sage comme une image! Je regarde grand-maman et je réponds:

—Bon, d'accord, ma belle grand-maman d'amour!

Et là, il se passe comme un miracle. Je regarde grand-maman. Elle me sourit comme elle ne m'a jamais souri. Sa peau devient toute rose. On dirait que des rides disparaissent de son front. Elle vient de rajeunir de dix ans.

Je lui demande:

—Quel âge avez-vous, déjà?

—Heu... soixante-huit ans... je crois...

—On dirait que vous avez juste cinquante-huit ans quand vous souriez comme ça!

Elle me répond :

—C'est parce que je suis heureuse!

Et puis elle me regarde au fond des yeux et elle me saisit les deux mains :

—Comprends-tu ça? Je suis heureuse!

-... Je... heu... je crois que oui...

Ensuite, grand-maman me demande quelque chose qu'elle ne m'a jamais demandé auparavant. Je n'en reviens pas :

—Noémie, comme c'est une sortie spéciale, tu devrais en profiter pour te brosser les cheveux et... t'arranger un peu!

— M'arranger?

—Oui... habille-toi avec quelque chose de spécial! Une belle robe, par exemple!

—Mais, voyons, grand-maman! Vous le savez bien! Je ne porte

jamais de robe!

Elle ne répond pas, elle m'embrasse sur les joues et s'enferme dans la salle de bain. Après quelques secondes, je l'entends chanter sous la douche. Ensuite, le séchoir à cheveux souffle et souffle. On croirait un avion qui décolle de l'autre côté de la porte.

Puis grand-maman sort de la salle de bain. Elle est maquillée, pomponnée et elle vient de rajeunir de dix autres années. Ça fait vingt ans en quelques minutes. Elle est rendue à quarante-huit ans!

Ensuite, en chantonnant, elle s'enferme dans sa chambre. J'entends des tiroirs s'ouvrir et se fermer, la porte de la garde-robe s'ouvrir et se fermer.

Elle sort de sa chambre, et je ne la reconnais presque pas. Elle porte une belle robe, et on dirait qu'elle a encore rajeuni de dix ans. Je la regarde et je n'en reviens pas. Elle est rendue à trente-huit ans! Devant mon air ahuri, elle demande :

—Mon Dieu Seigneur, Noémie, est-ce que ça va?

—Oui... oui... ça va... mais je n'ai pas de robe! Je vais juste me brosser les cheveux pour vous faire plaisir!

Je n'ai pas le temps de me donner un coup de brosse qu'on sonne à la porte. Grand-maman tressaille, se regarde une dernière fois dans le miroir, replace une mèche de cheveux et se dirige vers l'entrée.

Un gros bouquet de fleurs s'avance. Albert aux grandes oreilles marche derrière. Grand-maman s'écrie :

—Oh! Albert, comme c'est

gentil!... Il ne fallait pas... il ne fallait pas...

Albert me regarde, me fait un clin d'œil complice et me dit bonjour.

Moi, je garde mes deux yeux grands ouverts. J'enfouis mes deux mains dans mes poches et je ferme ma bouche. Je ne bouge pas, je ne parle pas, j'ai trop peur de dire ou de faire des bêtises.

Grand-maman place le bouquet de fleurs dans un grand vase de verre taillé. Puis nous partons pour le parc. Mais nous n'y allons pas à pied, même si le parc est à deux coins de rue d'ici. Albert insiste pour s'y rendre avec son automobile. Elle est noire et elle ressemble un peu à un corbillard, mais je ne le dis pas, pour ne pas faire de peine à grand-maman!

Je dis simplement :

—C'est la première fois que je fais un tour de voiture très noire!

Albert, tout fier de son automobile, ouvre le coffre arrière. J'y lance deux seaux et une pelle en plastique. Ce n'est pas croyable tout le bric-à-brac que contient ce coffre.

Après quelques hésitations, je m'assois sur la banquette avant. Albert conduit, et grand-maman rougit. Albert pousse un bouton, et, tout à coup, on entend des violons partout dans l'automobile. Grand-maman sourit, elle rajeunit encore de dix ans. Elle tombe à vingt-huit ans! Si elle continue comme ça, elle va redevenir un bébé avant la fin de la soirée.

Au parc, je ne dis pas un mot. Je marche entre grand-maman et Albert, qui veut toujours lui donner la main. Je saute sur une balançoire. Albert se place derrière et commence à me pousser. J'ai promis de ne rien dire. Alors je ne peux pas lui dire d'arrêter. Il me pousse si fort que j'ai l'impression de voler. Grand-maman s'assoit sur un banc. Elle nous regarde. De loin, on dirait qu'elle a encore rajeuni.

Après quelques minutes, Albert, fatigué, va rejoindre grand-maman sur le banc. Il passe son bras autour de son cou. Je ne sais pas ce qui me prend, mais tout devient embrouillé. La balançoire monte, monte, monte et me lance dans les airs. Je crie! Pendant quelques secondes, je plane comme un oiseau. Je vois passer les nuages, puis le sol, puis encore les nuages, et j'atterris sur le dos!

Grand-maman crie :

—Oh! Mon Dieu Seigneur!

Albert se précipite vers moi. Il répète :

—Noémie! Noémie! Est-ce que ça va? Est-ce que ça va?

Moi, ça va très bien, mais je garde quand même les yeux fermés. Grand-maman me relève la tête et me prend dans ses bras en murmurant :

—Ma petite Noémie d'amour! Ma petite Noémie d'amour!

Je reste blottie dans le creux de son épaule. Je suis heureuse. Ouf! ma grand-maman m'aime encore! J'en profite un peu. Soudain, elle s'exclame :

—Vite! Albert! Il faut appeler une ambulance!

J'ouvre les paupières et je me relève d'un coup sec. En enlevant le sable sur mes genoux et sur mes épaules, je dis :

—Bon, ce n'est rien. Tout va bien, maintenant! Est-ce qu'on va manger au restaurant?

-14-

Panique dans l'automobile

Je suggère d'aller au restaurant où je vais manger de temps en temps avec grand-maman. Mais Albert insiste pour nous inviter ailleurs, dans un « grand restaurant ».

Nous descendons une très longue côte. L'automobile glisse dans le centre-ville. Il y a des gratte-ciel qui montent jusqu'aux nuages. Les rues sont pleines de taxis et de gens qui marchent sur les trottoirs. C'est incroyable !

Tout à coup, Albert regarde sa montre et dit :

—Bon, il n'y a pas de place

pour stationner.

Les grandes oreilles tournent à droite, et l'automobile se dirige directement vers le mur d'un gratte-ciel. Albert ouvre la fenêtre de l'auto, sort tout son bras à l'extérieur et appuie sur un gros bouton rouge! Clic! Aussitôt, une immense porte s'ouvre devant l'automobile. Nous entrons dans le sous-sol de l'édifice. Je n'en crois pas mes yeux! C'est la nuit, à l'intérieur! Il y a des centaines de petites lumières jaunes au plafond et de nombreuses flèches qui nous indiquent où aller.

Albert tourne un bouton, et les phares de la voiture s'allument. Nous nous promenons en automobile à l'intérieur de la bâtisse. Je n'en reviens pas! Je suis tout excitée et grand-maman aussi. Elle vient de tomber à dix-huit ans.

Nous roulons lentement à la recherche d'un endroit pour stationner. J'ai un peu peur, mais je ne le dis pas. Le fond du stationnement se perd dans le noir. On dirait que toutes les autos sont mortes, alignées les unes à côté des autres... Et... et... c'est toujours dans les stationnements intérieurs qu'il y a des crimes, des vols et des prises d'otages.

D'ailleurs, une auto tourne lentement et vient se placer derrière nous. Ses phares nous éclairent. Il n'y a pas de doute possible, nous sommes poursuivis par des ravisseurs. Ils savent que grand-maman a déposé tout son trésor à la caisse. Les ravisseurs vont nous coincer au fond du stationnement. Ils vont nous enlever et ils vont demander une rançon.

NON! NON! Je viens de comprendre ce qui se passe vraiment et, pour une fois, ce n'est pas mon imagination! Grand-maman et moi, nous sommes prisonnières dans l'automobile d'Albert! C'est lui qui est en train de nous enlever!

En une fraction de seconde, je comprends tout : c'est Albert qui nous a invitées au restaurant, c'est lui qui a insisté pour y aller en automobile. Il nous a emmenées au parc pour créer une diversion afin qu'on ne se doute de rien! Et je me souviens d'avoir vu une corde roulée dans son coffre arrière. Il va nous enlever! Nous attacher! Nous bâillonner!

Il fait semblant de rien! Il va nous conduire jusqu'au dernier sous-sol. Là, je suis certaine que des complices l'attendent dans une camionnette rouge, sur

laquelle un mot est écrit en grosses lettres « Plombier » ou « Électricien ». C'est exactement comme dans un film. Nous sommes dans son auto comme dans un cercueil. Les portes sont verrouillées de l'intérieur. Impossible de sortir! Je regarde Albert. Il joue bien son rôle. Rien ne paraît, mais je vois une étrange lueur dans ses yeux. Je regarde grand-maman qui rajeunit à vue d'œil. Elle est maintenant trop jeune et trop naïve pour se rendre compte de ce qui se passe. Elle sourit. Elle s'imagine que nous allons manger au restaurant. Pauvre elle!

Moi, j'ai peur! J'ai chaud! Je ne sais plus quoi faire! Si je dis à l'oreille de grand-maman que nous sommes kidnappées, elle ne me croira jamais... Si elle me croit, elle va faire une crise cardiaque! Je ne peux quand même pas me battre toute seule contre Albert! Et même si je gagne, je ne sais pas conduire la voiture, et grand-maman non plus. Je réfléchis vite! Mais ce n'est pas facile de réfléchir quand on se fait kidnapper par quelqu'un qui sourit tout le temps.

J'essaie de me souvenir de tous les films d'enlèvement que j'ai vus récemment. Je les revois en accéléré dans ma tête, mais ça ne donne rien. Nous nous enfonçons dans notre malheur. Soudain, je n'en peux plus! Je me précipite vers la poignée pour baisser la fenêtre. Je dis :

—J'ai chaud! J'ai chaud!

Albert a tout compris. C'est un professionnel. Il me dit :

—Les fenêtres ne s'ouvrent

pas avec des poignées mais avec des boutons. C'est moi qui les contrôle par ici.

Et là, pour nous montrer qu'il contrôle la situation... bzzt... bzzt... il fait descendre et monter les fenêtres. Puis il dit subtilement :

—Ça sent trop l'essence dans les stationnements intérieurs. Il faut garder les fenêtres fermées... bien fermées.

Lorsqu'il dit ça, je le regarde et je vois dans son visage que c'est un vrai ravisseur! Il a une tête de chasseur de prime. C'est clair!

Je n'en peux plus. Je ne vais pas me faire enlever comme ça, sans réagir! Il faut que je trouve un moyen de sortir d'ici le plus vite possible, sinon je ne m'appelle pas Noémie!

Nous descendons encore un étage. Nous roulons derrière une

voiture. Elle ralentit pour se garer. Moi, je me précipite sur la poignée. Grand-maman sursaute. Je tire de toutes mes forces sur le levier, mais la porte refuse de s'ouvrir.

Albert me regarde en disant :

—C'est moi qui contrôle le verrouillage des portes!

Il actionne un petit bouton, et on entend clic! Clic! Le bouton de la porte monte et redescend aussitôt.

—Mon Dieu Seigneur! Comme c'est moderne! s'exclame grand-maman. Qu'est-ce que tu as, Noémie? Tu es toute pâle.

Je saute sur l'occasion. Je dis

—J'ai mal au cœur! J'ai mal au cœur! Je vais faire une indigestion! Vite! Vite! Ça me prend de l'air frais!

—Excusez-moi, dit Albert, j'aurais dû y penser plus tôt. Je

vais mettre le climatiseur en marche.

Il appuie sur un autre bouton. Après quelques secondes, de l'air frais envahit l'intérieur de l'automobile. Mais ce n'est pas comme un vrai courant d'air qui arrive de l'extérieur. L'air a une drôle d'odeur. Je suis certaine qu'Albert y a ajouté un poison pour nous endormir. C'est ça, il va nous endormir pour mieux nous enlever! Je n'en peux plus! Je sens mes forces me quitter!

—Est-ce que ça va mieux? demande subtilement Albert, qui me regarde avec un sourire triomphant.

C'est plus fort que moi, je réponds :

—Je sais très bien ce que vous êtes en train de faire!

Je me tourne vers ma grand-mère et je lui demande un mouchoir.

En vitesse, je le plie en quatre et je le pose sur mon nez pour ne pas respirer l'air empoisonné. Je respire lentement à travers le mouchoir. Ça sent le bon parfum de grand-maman. Je reprends peu à peu mes esprits. J'essaie de trouver une tactique pour sortir de l'auto. Je prends les grands moyens :

—Vite! Vite! J'ai envie de faire pipi! Il faut que je sorte!

—Attends juste une petite minute, répond Albert. Je vois un endroit là-bas pour nous stationner.

C'est plus fort que moi, j'éclate en sanglots :

—Snif... Mais vous ne comprenez donc rien... snif... Albert! J'ai tellement envie que je vais remplir... snif... toute l'automobile et qu'il va falloir ouvrir les fenêtres... snif... snif... et que je vais remplir tout le stationnement...

snif... et qu'il faudra remonter avec un... snif... sous-marin!

Je cesse de pleurer d'un coup sec. Au fond du stationnement, dans la pénombre, je vois une place libre. Mon cœur bondit! Mes yeux s'embrouillent. Une camionnette rouge est garée juste à côté de la place libre. Je crie :

—Je veux sortir d'ici! Je veux sortir d'ici!

Grand-maman et Albert sursautent. Je crie à tue-tête :

—Au secours! Je veux sortir de l'auto! Je veux sortir du stationnement! Je veux m'en retourner chez moi! Chez moi!

—Retiens-toi deux petites secondes, nous arrivons, dit Albert qui commence à s'énerver.

Il appuie sur l'accélérateur! Les pneus crissent sur le ciment! À cause de l'accélération, je suis complètement écrasée contre le

dossier de la banquette. Je vois le mur qui approche! Qui approche! Qui approche! Grand-maman crie! Moi aussi! AAAAH! Je prends la main de grand-maman! Je la serre très fort! Je vois toute ma vie qui défile à l'envers! Ça y est! Je vais mourir! C'est fini! Adieu la vie!

-15-

L'affrontement

Juste avant l'impact, Albert freine brusquement! Nos ceintures nous retiennent à nos sièges! La voiture s'immobilise juste à côté de la camionnette suspecte. Il y a comme un flottement dans l'air. Chacun reprend ses esprits. Moi, j'imagine déjà les ravisseurs qui sortent de la camionnette en courant, une cagoule sur la tête et une mitraillette à la main. Ils vont crier pour qu'on descende de voiture. Ils vont nous ligoter, puis ils vont nous emporter ailleurs pour nous vendre ou pour nous torturer!

J'entends un petit clic! Albert vient de déverrouiller les portières. Il regarde en direction de la camionnette et il avance la main en levant un doigt comme pour faire signe d'attendre. Moi, je me précipite sur le bouton pour verrouiller les portes. Je ne veux plus sortir! Albert pousse un autre bouton et il ouvre sa porte. Je n'ai pas le temps de le retenir. En vitesse, il se précipite en courant vers l'arrière de la voiture! Grand-maman et moi, nous nous regardons avec stupeur.

Puis nous voyons le coffre arrière qui s'ouvre comme une grande bouche. Albert crie:

—Viens, Noémie! J'ai tout ce qu'il faut!

Moi, je pense vite! Il a tout ce qu'il faut... pour faire quoi?

Il veut sans doute m'attirer et

m'enfermer dans le coffre! Ça, c'est un vieux truc. Mais je ne me laisserai pas faire.

Grand-maman sort de son côté, et je reste seule sur la grande banquette. Je regarde partout autour de moi. Le stationnement est sombre, lugubre, et il me semble que j'entends des bruits qui viennent de la camionnette. Je ne rêve pas! Je ne suis pas folle!

En vitesse, je ferme la porte du passager et celle du conducteur. Je pousse sur le bouton pour les verrouiller. Je ne me laisserai pas faire comme ça! Grand-maman me regarde à travers la fenêtre d'un air ahuri!

Albert arrive avec mon petit seau en plastique. Il me regarde et demande :

—Que fais-tu, Noémie? Tu as besoin de faire pipi, oui ou non?

Les yeux fixés sur le seau, je réponds :

—Vous ne m'aurez pas comme ça!

Grand-maman ne comprend rien. Elle dit :

—Bon! Sors de là, Noémie! Je meurs de faim!

Albert se gratte la tête. Moi, je reste enfermée dans l'automobile et je réfléchis. Il ne me reste qu'une solution : je me lance sur le klaxon et j'appuie dessus de tout mon poids. Le bruit retentit dans tout le stationnement! Albert et grand-maman sursautent.

Grand-maman crie :

—Arrête, Noémie! Arrête! Qu'est-ce qui te prend?

Je n'arrête pas! J'appuie de toutes mes forces sur le klaxon.

Tout à coup, je vois des phares tourner au fond du stationne-ment. Une voiture s'approche.

Ça y est, nous sommes sauvées. J'attends que l'automobile arrive à notre hauteur. En vitesse, j'ouvre la porte du corbillard et je sors en courant. Je me précipite devant la voiture, qui freine brusquement. Je crie sans respirer une seule fois :

—S'il vous plaît! S'il vous plaît! Je vous en prie! Aidez-nous! Ma grand-mère et moi nous sommes victimes d'un dangereux ravisseur d'enfant et de grand-mère à cause d'un trésor que nous avons trouvé et qui vient de Monsieur Lumbago qui était mon vrai grand-père et qui est allé à la guerre et c'est pour ça qu'on est rendues ici sur le point de se faire enlever pour une rançon qui est déposée à la caisse populaire et...

Puis la porte de l'automobile s'ouvre, et je manque de perdre connaissance. La bouche grande ouverte, les yeux écarquillés, je vois mon père sortir de l'automobile. L'autre porte s'ouvre, et je vois ma mère qui se précipite vers moi en s'énervant :

— Noémie! Mais... On a failli te frapper!

Je saute dans les bras de mon père! Je ne comprends plus rien! Qu'est-ce qu'ils font ici, au fond du stationnement?

Ma mère me prend dans ses bras. Grand-maman chuchote aux grandes oreilles :

— Je me demande si c'était une bonne idée, finalement...

Moi, je ne comprends plus rien! Rien de rien!

-16-

L'incroyable
surprise

Albert me prend par la main et me fait signe de le suivre près de la camionnette. Quelque chose bouge à l'intérieur. J'entends aboyer! Wouf! Wouf! Un chien est enfermé là-dedans! Mes genoux tremblent! Mes dents claquent! Mon père se place derrière moi. Je m'agrippe à la main de grand-maman. Ma mère se précipite sur le côté en disant :

—Attendez! Attendez! Je ne suis pas prête!

Elle sort un appareil photo de

son sac! Elle le braque sur moi. Tout à coup, les deux portes de la camionnette s'ouvrent. Je suis sur le point de devenir folle, ou de faire pipi par terre, ou de mourir, ou les trois en même temps!

Un petit chien noir, blanc et beige saute de la camionnette. Il se dirige vers moi en remuant la queue. Il porte une grosse boucle de papier rouge autour du cou!

Ma mère prend une photo. L'éclat du flash m'éblouit. Pendant quelques secondes, je ne vois plus rien. Tout le monde chante : « Bonne fête, Noémie! Bonne fête... » Je me penche, et le petit chien vient me lécher les joues.

Je tombe par terre. Le chien saute sur moi et me mordille les doigts. En une fraction de seconde, je comprends tout! C'est la plus belle surprise de toute ma vie!

Mon père, ma mère, grand-maman et Albert me regardent avec de larges sourires. Puis un jeune monsieur sort de la camionnette. Il ressemble à Albert, en beaucoup plus jeune et avec des oreilles normales.

Albert dit fièrement :

—Je vous présente mon fils Georges. Il est directeur d'une clinique vétérinaire!

Je demande à grand-maman, qui vient encore de rajeunir de dix ans :

—Est-ce que c'est là que vous aviez emporté votre serin et votre chat?

Elle me demande avec étonnement :

—Comment sais-tu ça, toi?

—Je... heu... c'est mon petit doigt qui me l'a dit!

Je suis tellement heureuse de mon cadeau que j'embrasse tout le monde, même Albert aux...

aux... aux belles oreilles!

Mon père dit, en regardant sa montre :

—Toutes ces émotions m'ont ouvert l'appétit! C'est l'heure! Il faut y aller!

Ensemble, nous prenons l'ascenseur. Mes oreilles se bouchent, mais ce n'est pas grave! Je caresse mon petit chien au creux de mes bras!

Nous montons jusqu'au dernier étage de l'édifice : 31 - 32 - 33 - 34. Au trente-cinquième étage, nous nous dirigeons vers un « grand restaurant ». Je m'assois devant la fenêtre et je n'ai même pas le vertige. Je commande une lasagne pour moi... et un gros os pour mon petit chien!

FIN

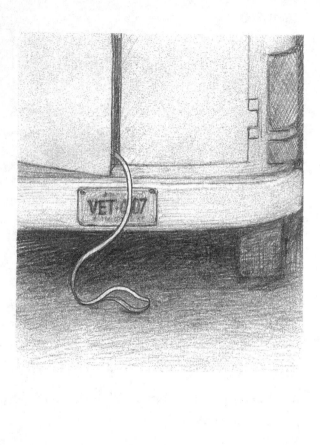